# Brooke,
## el hada
## fotógrafa

A Hanna con amor

Un especial agradecimiento a Rachel Elliot

Originally published in English as
The Fashion Fairies #6: Brooke the Photographer Fairy

Translated by Karina Geada

ISBN 978-0-545-72355-8

13 12 11 10 9 8 7 6 5 4                                    18 19/0

Printed in the U.S.A.                                          40

First Scholastic Spanish printing, January 2015

# Brooke, el hada fotógrafa

### Daisy Meadows

SCHOLASTIC INC.

Palacio del Reino
de las Hadas

Desfile de Moda

CENTRO
COMERCIAL
El Surtidor

Salón
Circón Azul

De la moda soy el rey.
El glamour es mi ley.
Circón Azul es mi marca.
¡Todos se rinden ante el monarca!

Mis diseños algunos critican,
pero los genios nunca claudican.
Las hadas de la moda me ayudarán
y mis diseños en todas partes se verán.

# Índice

## Fotofiasco

—Este lugar es tan hermoso —dijo
Cristina Tate mirando el exuberante
césped, las flores brillantes y las macetas
con palmeras a su alrededor—. ¿No es
divertido ver un jardín a esta altura?

Estaba en medio de un jardín en la
azotea del flamante Centro Comercial
El Surtidor. La fachada de vidrio del

Café en el Cielo se encontraba en el otro extremo de la azotea y, al lado de la cafetería, había un elevador de cristal que conducía a los visitantes al complejo de tiendas.

—Se debe de ver más bonito con la luz del sol —respondió su mejor amiga, Raquel Walker—. Seguramente los cristales resplandecen.

Las chicas levantaron la vista hacia las nubes grises.

—Sí, qué pena que el día esté nublado —asintió Cristina.

Durante esa semana las chicas habían participado en un concurso de moda en el nuevo centro comercial y, para el día siguiente, estaba previsto un desfile para celebrar la primera semana desde la inauguración del centro.

—Creo que este es el mejor lugar para una sesión de fotos, aunque el clima no sea perfecto —dijo Raquel sonriendo.

Los diseños de Cristina y Raquel quedaron entre los elegidos para participar en el desfile y ese día los ganadores tenían una sesión de fotos para la revista *Al día con la moda de El Surtidor*. La supermodelo Jessica Jarvis

y la diseñadora Emma McCauley
también estaban allí. Eran las invitadas
especiales del centro comercial y ahora
estaban ayudando a los chicos para que
sus diseños lucieran lo mejor posible.
Cristina llevaba puesto el vestido que
había hecho con pañuelos, y Raquel
los jeans con un arco iris pintado.

Cam Carson, la fotógrafa,
estaba ocupada
organizando a los
ganadores en grupos.

—Me gustaría que
todos eligieran una
temática para sus fotos
—dijo—. Debe ser algo
relacionado con sus
diseños y que signifique
algo especial para ustedes.

Cristina se volteó hacia Raquel.

—¿Qué debemos escoger?

—preguntó—. ¿Qué está relacionado con los colores del arco iris?

—Fácil —dijo Raquel—. Nuestra temática debe ser la amistad. Le va como anillo al dedo al arco iris… ¡las hadas nos lo enseñaron!

Se agarraron las manos y sonrieron.

—Perfecto —respondió Cristina—. Somos muy afortunadas. Me alegro de habernos conocido ese día en el barco camino a la isla Lluvia Mágica.

—Yo también —dijo Raquel.

Desde aquellas vacaciones las chicas compartían un secreto maravilloso. ¡Eran amigas de las hadas! Viajaban a menudo a su reino y las ayudaban a burlar a Jack Escarcha y a sus duendes. Tantas aventuras compartidas habían hecho su amistad cada vez más fuerte. Los otros ganadores del concurso también se preparaban para sus fotografías. Un chico llamado Dean llevaba una camiseta con temática espacial y sostenía en sus manos un modelo de una nave espacial. Otra chica llamada Layla había

diseñado un uniforme de
fútbol y tenía un balón
bajo el brazo.

—Todos se ven
maravillosos —dijo
Jessica—. Ahora
recuerden, las mejores
fotografías son aquellas en
que la persona se ve feliz y
natural. ¡Así que traten de
relajarse y sonreír!

Cam Carson agarró su
cámara y se acomodó el cabello marrón
detrás de las orejas.

—Ya estoy lista —dijo—. ¿Quién va
primero?

—Raquel y Cristina son las primeras
en la lista —dijo Emma, guiándolas
hacia adelante.

Las chicas se tomaron las manos y sonrieron. Pero en el momento en que Cam oprimió el obturador, una ráfaga de viento batió el pelo de Cristina tapándole cara.

—Caramba —dijo Cam soltando una carcajada—. Vamos a intentarlo de nuevo.

Apretó el botón una vez más y revisó la imagen en la pantalla de la cámara.

—Ay, no, estabas parpadeando —le dijo a Raquel—. ¡A la tercera va la vencida!

Presionó el obturador de nuevo, pero esta vez su dedo estaba tapando el lente.

—¿Qué me pasa hoy? —murmuró.

El ruido ensordecedor de un trueno hizo que todos miraran hacia arriba. Las nubes grises estaban cada vez más cerca.

—Voy a tener que usar el flash —dijo Cam mientras cambiaba la configuración de su cámara.

Antes de que pudiera hacer otra foto, un destello brillante salió disparado de la cámara.

—¡Ahora funciona sola! —dijo un poco molesta—. Esperen un momento, por favor. ¡Parece que mi cámara está hoy de mal humor!

Revisó de nuevo la cámara, pero antes de que presionara el botón salió otro destello inesperado. Soprendida, Layla dejó caer el balón de fútbol, que rebotó en el borde de la azotea. Dean trató

de atraparlo y patinó, haciendo que su nave espacial cayera al suelo y se rompiera en tres pedazos.

—No es nuestro día de suerte —suspiró Cam mientras Dean trataba de empatar las piezas.

—Esto no es mala suerte —le susurró Raquel a Cristina con cara de preocupación—. ¡Esto es obra de Jack Escarcha!

# Flashes en la azotea

Cristina pensó en las cosas que habían sucedido esa semana. Todo había empezado el primer día de vacaciones. Las chicas habían viajado al Reino de las Hadas para ver un desfile de moda, pero Jack Escarcha y sus duendes interrumpieron el mismo modelando

unos diseños extravagantes de la marca
Circón Azul.

Para horror de todos, Jack Escarcha
advirtió que muy pronto el mundo entero
usaría su marca de ropa. Luego descargó
unos rayos de hielo para robarse los
objetos mágicos de las hadas de la moda,
los cuales llevó al Centro Comercial El
Surtidor.

Las hadas necesitaban sus poderes para
cuidar de la moda y el buen gusto, y
Cristina y Raquel ya habían ayudado
a cinco de ellas a recuperar sus objetos
mágicos, pero aún faltaban dos por
encontrar.

En ese momento, una gota de lluvia
cayó en la punta de la nariz de Cristina.

Cam suspiró al ver que las nubes eran
cada vez más oscuras.

—Hoy nada está saliendo bien —dijo—. Bueno, entremos a tomar un descanso. Quizás solo sea una lluvia pasajera.

Abrió un enorme paraguas para resguardar sus equipos fotográficos y luego siguió a Emma, Jessica y los chicos al Café en el Cielo. Cristina y Raquel se quedaron fuera.

—Esto debe de tener algo que ver con Jack Escarcha —dijo Raquel.

—Sí, y sus terribles duendes —agregó Cristina—. El pronóstico del tiempo no

anunció lluvia para hoy. Se suponía que iba a ser un día soleado.

—Vamos, entremos antes de que nos mojemos —dijo Raquel.

Se disponían a entrar a la cafetería cuando algo brillante llamó la atención de Raquel.

—¡Cristina, mira! —dijo emocionada, señalando el equipo de Cam. La cámara estaba atornillada en lo alto de un trípode y el flash parecía más brillante que de costumbre. Era difícil mirar a la cámara de tanto resplandor que despedía.

—¿Por qué crees que Cam dejó encendido el flash? —preguntó Cristina.

—Eso no es el flash —dijo Raquel, mirando la luz que brillaba intensamente—. ¡Es Brooke, el hada fotógrafa!

Brooke sonrió y las saludó con la mano. Las chicas miraron hacia la cafetería para asegurarse de que nadie

las estaba mirando, y luego fueron
corriendo a saludar a la pequeña hada.
Brooke llevaba unos
jeans ajustados y
una túnica
holgada, y
su pelo negro
reluciente
flotaba en
el aire. Sus
ojos oscuros
brillaban de
emoción.

 —¡Hola,
Cristina!
¡Hola, Raquel!
¿Interrumpí la
sesión de fotos? ¡Las dos se
ven fabulosas! —dijo.

—Gracias —respondió Cristina con una sonrisa—. Pero fue la lluvia la que interrumpió la sesión, no tú. Hoy parece ser un mal día para los fotógrafos.

—Por eso estoy aquí —dijo Brooke—. Mientras mi cámara mágica esté desaparecida, ninguna fotografía quedará bien. Vengo a pedirles ayuda, como han hecho las otras hadas de la moda.

—¡Por supuesto! —exclamó Raquel entusiasmada—. Haremos todo lo posible para encontrar tu cámara mágica.

Cristina miró hacia el otro extremo del jardín de la azotea.

—¿Qué es eso? —preguntó—. ¿Son relámpagos?

—Parecen flashes de cámara —dijo Brooke.

—Sí —contestó Cristina—. ¡Mira, otro más!

Raquel y Brooke vieron un destello brillante.

—¡Qué extraño! —dijo Raquel—. Se suponía que Cam fuera la única que tomaría fotos esta mañana.

—Vamos a investigar —sugirió Brooke—. Tengo la sensación de que allí está pasando algo raro.

—Pero recuerda, nadie puede verte —dijo Cristina—. Hay mucha gente en

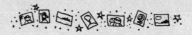

la cafetería y cualquiera podría descubrirte.

—Escóndete aquí —dijo Raquel, abriendo su bonita bolsa con los colores del arco iris.

Brooke se coló en la bolsa y las chicas se apresuraron hacia el otro extremo del jardín. A medida que se acercaban, aumentaban los destellos. Entonces, comenzaron a escuchar risas. ¿Qué estaba pasando?

# ¡Modelo de portada!

Las chicas se ocultaron detrás de unas palmeras y se asomaron con cuidado. ¡Allí estaban Jack Escarcha y cuatro duendes teniendo su propia sesión fotográfica!

Jack llevaba un traje de Circón Azul, con pantalones campana y un enorme cuello redondo. Para rematar su

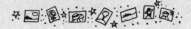

excentricidad, también llevaba una
capa de lentejuelas azul
eléctrico y un
sombrero de copa a
juego. Posaba para
la cámara con una
mano en la cadera
y la otra apuntando
hacia el cielo
nublado. Parecía
muy contento.
—¡Oye! —le gritó
al duende
más pequeño—.
¡Péiname la barba!
Mientras el duendecillo avanzaba
para obedecer, Jack hundió su dedo
huesudo en la barriga de un duende
regordete.

—¡Y tú! ¡Tráeme otro sombrero! —exigió—. Me gustaría el de vaquero brillante… ¡DE PRISA!

Un tercer duende acomodaba con afán las luces eléctricas para iluminar a Jack Escarcha desde todos los ángulos.

—¡Más luz! —chilló Jack Escarcha—. ¡Una estrella como yo debe deslumbrar, tonto!

Cuando el duende subió la intensidad de las lámparas, se detuvo la llovizna y un rayo de sol cayó directamente sobre el rostro de Jack. El duende regordete le entregó el sombrero de vaquero, y otro

duende muy delgado levantó una pequeña cámara para dar inicio a la sesión fotográfica con el malhumorado modelo.

—¡Genial! —decía el duende fotógrafo mientras Jack Escarcha miraba al lente con una sonrisa fingida—. ¡Muéstrele al mundo esos dientes blancos como perlas! ¡Postura! ¡Dinamismo! ¿Quién manda aquí?

—¡YO! —exclamó Jack Escarcha con una enorme sonrisa y levantando una ceja.

El fotógrafo se iba alejando mientras Jack avanzaba con sus ridículas poses. Brooke asomó la cabeza de la bolsa y se quedó sin aliento. Luego fue volando hasta el hombro de Raquel, se posó y se cruzó de brazos.

—¡Esa es mi cámara mágica! —dijo—. Estoy feliz de encontrarla, pero enojadísima con Jack Escarcha y los duendes por haberla robado.

—Tenemos que recuperarla rápidamente

—dijo Raquel con firmeza—. Los duendes no cuidan nada y sería horrible que rompieran tu cámara.

Justo en ese momento, el duende que tomaba las fotos casi la deja caer… ¡y a Brooke casi se le escapa un grito!

Por suerte, el duende agarró la cámara a tiempo y se la colgó al cuello.

—Por poco cae al suelo —dijo Cristina—. Será mejor que hagamos algo rápido, y creo que tengo una idea que puede funcionar. Brooke, ¿nos podrías disfrazar a Raquel y a mí de fotógrafas? Tal vez

así logremos acercarnos a la cámara
mágica.

—No hay problema —dijo Brooke con
un guiño.

El hada agitó su varita mágica y una
nube de polvo mágico cayó sobre las
chicas. Al instante, Cristina
tenía una cámara
colgada al cuello y
Raquel sostenía
lentes de repuesto,
un trípode y un
par de luces. Sus
hermosas ropas
desaparecieron y
fueron reemplazadas
por brillantes trajes
azules parecidos a los de
Circón Azul, la marca de Jack Escarcha.

Brooke se escondió en el bolsillo de la chaqueta de Raquel. Entonces, las chicas respiraron profundo y caminaron lentamente hacia los duendes.

Jack Escarcha comenzó a gritar tan pronto las vio.

—¡Fuera! —chilló—. Estamos en medio de una importante sesión fotográfica. ¡PIÉRDANSE!

Las chicas lo ignoraron y le sonrieron.

—Sentimos la interrupción —dijo Cristina—. Trabajamos para la revista *Moda Mundial* y nos FASCINA su marca Circón Azul. Vinimos a tomarle fotos para la portada del próximo número.

—Pero ya vemos que está ocupado, así que mejor nos vamos —añadió Raquel dándose la vuelta.

—¡ESPEREN! —gritó Jack Escarcha—.
¡Quiero ser un modelo de
portada! ¡Regresen
AHORA mismo!

Cristina y
Raquel se
detuvieron, y
Jack Escarcha
empezó a gritar
órdenes a sus
duendes.

—¡Que mi cabello se vea más
puntiagudo! ¡Cepilla mi abrigo! ¡Limpia
mis zapatos! ¡APÚRENSE!

Los duendes corrían alrededor de su
jefe, aullando y chillando mientras
trataban de seguir todas sus instrucciones
a la vez. El duende más pequeño levantó

un espejo y Jack Escarcha asintió,
acicalándose.

—¿Listo? —preguntó Cristina
sosteniendo su cámara… ¡y confiando en
que su plan funcionara!

# Caos en la juguetería

—Esta será la foto más importante de mi vida —dijo Jack Escarcha—. ¿Cómo luzco?

—Se ve muy guapo, Sr. Escarcha —respondió el duende regordete.

—Entonces, ya podemos comenzar —dijo Jack Escarcha.

Cristina oprimió el obturador de su cámara para tomar una foto, pero el flash no se disparó.

—¡No lo puedo creer! Parece que se descargó —dijo la chica—. ¡Y no tengo batería de repuesto! ¿Qué haré ahora?

—Tendremos que intentarlo más tarde. Quizás para la edición del próximo mes —sugirió Raquel.

—¡No puedo esperar! —gritó Jack Escarcha—. ¡Hagan algo!

Raquel disimuló una sonrisita, sabía que Jack Escarcha no tenía ni una pizca de paciencia.

—Bueno, podría
haber una solución
—dijo Cristina,
tratando de
sonar
espontánea—.
Si el fotógrafo
nos presta su
cámara podríamos
retratarlo.

El duende fotógrafo
apretó la cámara contra su pecho. Jack
Escarcha se volvió hacia él y lo miró
fijamente.

—¡Entrégasela! —ordenó.

—Pero… pero… usted dijo
—tartamudeó el duende.

—¡QUE SE LA ENTREGUES TE
DIGO! —rugió Jack Escarcha.

Sobresaltado, el duende le tendió la preciada cámara mágica a las chicas, que intercambiaron una mirada cómplice… ¡El plan estaba funcionando!

Cristina extendió la mano, y cuando sus dedos estaban a punto de alcanzar la correa de la cámara, Brooke no pudo resistir la emoción y asomó la cabeza por el bolsillo de Raquel.

—¡UN MOMENTO! —gritó Jack Escarcha.

Cristina se quedó congelada. ¡Jack había
visto a Brooke! Entonces, lanzó un rayo
de hielo sobre las chicas y la cámara
salió volando de la mano del duende
hasta sus dedos puntiagudos.

Luego, Jack
Escarcha
lanzó otros
dos rayos
helados
sobre
Cristina y
Raquel,
tumbándolas
al suelo, y salió

corriendo junto a los duendes hacia el
elevador de cristal. Aunque casi no
cabían, lograron entrar todos de una vez
y las puertas comenzaron a cerrarse.

—¡Rápido, tenemos que detenerlos!
—gritó Raquel levantándose y
echándose a correr.

Pero cuando llegó, las puertas ya se
habían cerrado y el elevador comenzó a
descender. Lo último que alcanzó a ver
fue las caras de los cuatro duendes
presionadas contra el vidrio, sacándole
la lengua.

—¡Ay, no! ¡Se nos escaparon! —exclamó Cristina.

—¡Tenemos que seguirlos! —gritó Raquel.

—Llegaremos más rápido si vamos volando —dijo Brooke.

El hada echó un vistazo a su alrededor para asegurarse de que nadie en el café las estuviera mirando. Voló por encima de las chicas y agitó su varita. Una nube de polvo plateado cayó sobre Raquel y Cristina y, en un instante, las chicas comenzaron a encogerse.

Las chispas mágicas se arremolinaron envolviéndolas hasta que quedaron del mismo tamaño que Brooke. Delicadas alas transparentes aparecieron en sus espaldas y las chicas comenzaron a batirlas sonrientes.

—¿Listas? —preguntó Brooke.

—¡Listas! —respondieron al unísono Cristina y Raquel.

—¡Pues vamos! —gritó Brooke, volando por las escaleras.

A los pocos segundos, las tres hadas ya estaban en el interior del centro comercial. Volaban lo más alto posible

para que la
multitud de
compradores
no las
descubriera.
El Surtidor
estaba más
lleno que de
costumbre.

—Espero que podamos
encontrar a Jack Escarcha y a sus
duendes entre tanta gente —dijo
Cristina.

—Miren ahí abajo —dijo Raquel,
apuntando hacia la tienda de artículos
de invierno La Cuarta Estación.

Una de las vidrieras había sido
derribada y varios compradores iban
dando tumbos, chocando unos con

otros, enredados con las bufandas de lana que estaban tiradas en el suelo.

—Si hay problemas, apuesto a que Jack Escarcha no está muy lejos —añadió Raquel.

—¡Miren! —dijo Cristina de repente—. Alguien vestido de azul brillante acaba de entrar a la juguetería El Surtidor. ¡Veamos si es Jack Escarcha!

Las tres se dirigieron hacia la tienda de juguetes y revolotearon sobre un grupo de niños. En el otro extremo de la tienda, otro grupo estaba parado alrededor de un caballito de madera. Todos llevaban divertidos sombreros y vestuarios de la sección de disfraces, pero a Brooke le parecieron un poco sospechosos.

—No parecen niños normales —dijo la pequeña hada.

Cuando las chicas se acercaron, lograron divisar unas narices verdes y puntiagudas asomándose por debajo de los sombreros y largos dedos verdes acariciando la crin del caballito de madera.

—¡Son duendes! —gritó Raquel.

# Una ola de hielo

Las chicas no tardaron en darse cuenta de que el que estaba meciéndose en el caballito de madera era Jack Escarcha.

—¡Quítense esa ropa horrible! —les gritaba a los duendes—. No son de Circón Azul, así que no sirven.

Los duendes se quitaron los disfraces a regañadientes. Entonces, uno de ellos

agarró una patineta de una vidriera
cercana. Los otros tres hicieron lo mismo
y empezaron a patinar por la tienda a
toda velocidad.

Brooke, Raquel y Cristina estaban
ocultas en una cometa roja que colgaba del
techo y, desde allí, contemplaban el caos
que los duendes estaban causando. Iban
arrollando los pies de los compradores,
destruyendo vitrinas y haciendo un ruido
horrible.

—¡Miren a Jack Escarcha! —gritó Cristina en medio del alboroto.

Jack Escarcha estaba ahora sentado frente a un tocador de juguete, arreglándose el cabello y retratándose con la cámara mágica de Brooke.

—Tiene mi cámara —dijo Brooke, y soltó un suspiro—. ¿Cómo vamos a recuperarla?

Raquel divisó una casa de muñecas
en la esquina de la tienda.

—Se me acaba de ocurrir una idea
—exclamó—. ¡Agárrense a la cometa y
aleteen lo más fuerte que puedan!

Cristina y Brooke
comenzaron
a batir sus alas
y la cometa
empezó a
moverse,
tirando
de la cuerda
que la sostenía
del techo.

—Tenemos que llegar hasta donde está
Jack Escarcha —dijo Raquel medio
sofocada—. ¡Aleteen más fuerte!

—No puedo —gimió Cristina.

—Tal vez mi magia pueda ayudar —dijo Brooke, y con un toque de su varita la cometa comenzó a moverse.

—¡Guíala hacia Jack Escarcha! —gritó Raquel—. Vamos a perseguirlo hasta la casa de muñecas.

—Pero, ¿qué es esto? —exclamó Jack Escarcha al ver volar la cometa directamente hacia él.

Salió corriendo y entró en la casa de muñecas, pero Brooke y las chicas lograron entrar justo detrás de él. ¡Estaba atrapado!

Las tres hadas bloqueaban la puerta.

—Estás acorralado —le dijo Cristina a Jack Escarcha—. Devuélvenos la cámara y te dejaremos ir.

—De ninguna manera —dijo Jack Escarcha escondiendo el objeto mágico detrás de él—. Esta cámara puede tomarme fotos fabulosas… ¡me quedo con ella! ¡Duendes, vengan ahora mismo!

Las chicas escucharon el sonido de cuatro patinetas frenando, seguido

de fuertes pisadas que se dirigían hacia la casa de muñecas. Los duendes asomaron sus largas narices por la ventana, y luego Jack Escarcha movió su varita. Se escuchó un crujido y un destello de magia azul.

—¡Hacia mi palacio de hielo! —gritó Jack Escarcha.

Un segundo después, él y sus duendes habían desaparecido.

—Tenemos que ir tras ellos o nunca voy a recuperar mi cámara —dijo Brooke—. Chicas, ¿vienen conmigo?

—¡Por supuesto! —dijo Raquel, y Cristina asintió con la cabeza.

Entonces, Brooke agitó su varita mágica y lanzó un hechizo:

*"En el palacio de hielo y de nieve*
*en un instante tenemos que estar.*
*Llévanos a donde volaron*
*sin que nadie nos*
*vea llegar".*

Apareció un destello dorado brillante y en un santiamén las chicas estaban sentadas en la rama helada de un árbol del palacio de Jack Escarcha.

—Miren ahí abajo —susurró Cristina, señalando un claro entre los árboles cubiertos de nieve.

Jack Escarcha y los cuatro duendes estaban parados alrededor de un enorme estanque con una cascada que descendía desde un acantilado rocoso.

—Este es el mejor escenario para mi sesión de fotos —dijo Jack Escarcha—. ¡Solo necesita un poco más de hielo!

Levantó su varita y… ¡zas! El estanque se congeló al instante. ¡Zas! Aparecieron maniquíes de hielo con diseños de Circón

Azul. ¡Zas! La cascada se congeló
creando una lámina de hielo que parecía
un espejo gigante.

—¡Qué vista tan maravillosa! —dijo
Jack Escarcha mirando su propio reflejo.

Se tomó algunas fotos con la cámara
mágica, que no parecía dispuesto a
devolverle ni siquiera al duende
fotógrafo. Luego miró a su alrededor.

—Estos árboles no están lo suficientemente helados —refunfuñó.

¡Zas! ¡Zas! ¡Zas! De repente, árbol tras árbol fue cubriéndose de espesos y afilados carámbanos.

—¡Viene hacia acá! —exclamó Brooke—. ¡Huyamos!

Las tres hadas salieron disparadas del árbol en el que estaban y, cuando Jack Escarcha las vio, soltó un grito de rabia.

—¿Qué hacen aquí, hadas impertinentes? —rugió—. ¡Quieren arruinar mi sesión de fotos! ¡Se van a arrepentir de haber venido!

# ¡Y salió el sol!

Las hadas volaban sin parar, esquivando la varita de Jack Escarcha que intentaba congelarlas. Las esculturas de hielo se agrietaban y explotaban al recibir los rayos congelados del malvado Jack. Los carámbanos caían al suelo como lanzas afiladas. Los duendes también se

apartaron del camino para no ser
lastimados.

—¡Cristina!
¡Brooke! —gritó
Raquel—. ¡Nos
vemos en la
cascada!

Las tres hadas
volaron hacia la
cascada y se ocultaron
tras la cortina de agua helada.

—¿Tienes un plan? —preguntó
Cristina sofocada.

Raquel asintió con la cabeza y les dijo
algo a toda velocidad.

—¡Salgan de detrás de mi cascada!
—chilló Jack Escarcha—. ¡Las convertiré
en esculturas de hielo!

Raquel se asomó por un costado.

—Está bastante cerca —susurró—.
¡AHORA!

Brooke agitó su varita y la cascada
congelada se derritió al instante. Entonces,
el hada volvió a mover la varita y un
chorro de agua cayó sobre
Jack Escarcha.

—¡Ayyy! —gritó
el muy malvado.

Del susto, soltó la
cámara y Cristina
se abalanzó a
recogerla antes
de que cayera al
suelo. Raquel voló
tras ella y juntas la
transportaron hasta donde
estaba Brooke. En cuanto el hada la
tocó, la cámara se volvió diminuta.

Furioso y chorreando agua, Jack Escarcha amenazó con el puño a las tres hadas, que comenzaron a revolotear a su alrededor.

—¡No me han vencido! —dijo enfurecido—. Todavía tengo uno de sus objetos mágicos y mientras esté en mis manos puedo arruinar el mundo de la moda.

—Nosotras no permitiremos que eso suceda —dijo Raquel.

Antes de que Jack Escarcha pudiera replicar, Brooke agitó su varita y un torbellino de polvo mágico envolvió a las chicas. Cuando la ráfaga mágica desapareció, ya estaban de vuelta en la azotea del centro comercial.

La lluvia había cesado y el sol comenzaba a asomarse entre las nubes. Cristina y Raquel siguieron a Brooke hasta esconderse detrás de unas plantas enormes, donde nadie podía verlas.

—Será mejor que las devuelva a su tamaño normal —dijo Brooke—. Ahora que salió el sol podrán continuar la sesión de fotos. Además, tengo que regresar al Reino de las Hadas y contarles a todos nuestra aventura.

Agitó una vez más su varita y, en un instante, Raquel y Cristina dejaron de ser hadas.

Sus trajes de Circón
Azul habían
desaparecido y
vestían sus propios
diseños.

—Adiós —dijo
Brooke aleteando
frente a ellas—. Y
gracias… estoy feliz de
haber recuperado mi
cámara mágica.

—Fue un placer ayudarte —respondió
Cristina—. ¡Adiós, Brooke!

El hada se despidió y levantó el vuelo,
cada vez más alto, hasta desaparecer,
dejando a su paso una espiral dorada
brillante como fuegos artificiales.

—¡Raquel! ¡Cristina! —gritó Jessica
pegándoles un susto a las chicas.

Raquel y Cristina salieron de detrás de las plantas y vieron a Jessica, Cam, Emma y los otros ganadores del concurso de diseño a la entrada de la cafetería. Dean había arreglado su nave espacial y Layla había recuperado su balón de fútbol.

—¿Listos para retomar la sesión de fotos? —preguntó Cam.

Todos asintieron y la fotógrafa les pidió a Dean y a Layla que fueran ellos los primeros. Esta vez la cámara funcionó a la perfección y no hubo ningún imprevisto.

—¡Fantástico! —exclamó Cam mientras tomaba una

ráfaga de fotos—. ¡Maravilloso! ¡Están quedando genial!

Entonces, les llegó el turno a Raquel y Cristina. Las chicas se abrazaron frente a las palmeras y, cuando Cam estaba a punto de oprimir el obturador para comenzar a tomarles fotos, sucedió algo maravilloso: ¡apareció un arco iris en el cielo!

—¡Es el telón de fondo ideal para las fotografías! —exclamó Cam—. Estas fotos quedarán perfectas para la edición especial de la revista *Al día con la moda de El Surtidor.*

—¡Tengo ganas de que llegue el desfile de moda! —dijo Emma—. Viéndolos a ustedes puedo asegurarles que será un evento fabuloso.

Cristina, Raquel, Dean y Layla sonrieron.

—Será algo impresionante —dijo Dean.

—Mañana va a ser muy divertido —agregó Layla.

Raquel y Cristina deseaban lo mismo, pero todavía Jack Escarcha tenía en sus manos un objeto mágico. Una sombra apareció en el rostro de Cristina, pero Raquel le sonrió a su mejor amiga y le estrechó fuerte la mano.

—No vamos a permitir que Jack Escarcha arruine el desfile —susurró—. No te preocupes, Cristina. ¡Las hadas de la moda pueden contar con nosotras!

Cristina y Raquel ayudaron a Brooke
a encontrar su cámara mágica.
Ahora les toca ayudar a

# Lola,
## el hada de los desfiles

Lee un pequeño avance del siguiente
libro…

## En el desfile

Cristina Tate estaba *muy* emocionada. ¡Hoy participaría junto a su mejor amiga, Raquel Walker, en un desfile de moda! Y no solo eso, sino que tanto Raquel como ella usarían sus propios diseños, que habían salido ganadores en el concurso del Centro Comercial El Surtidor.

—Espero no tropezar en la pasarela —bromeó Raquel mientras entraba con

Cristina y sus padres al centro comercial—. ¡Pero me conozco! Seguro me caigo de bruces y hago el ridículo frente a todos.

—No te caerás —dijo Cristina apretándole la mano a su amiga para tranquilizarla—. Lucirás espectacular y a todos les encantarán tus jeans con el arco iris. Vas a ver.

Raquel sonrió.

—Estoy tan contenta de desfilar contigo —dijo, y suspiró.

—Yo también —dijo Cristina—. Nuestras mejores aventuras suceden cuando estamos juntas, ¿verdad?

Las chicas se miraron con los ojos chispeantes. Nadie más sabía que compartían un secreto increíble: eran amigas de las hadas y junto a ellas habían disfrutado un montón de experiencias mágicas. ¡Hasta se convertían en hadas y podían volar como ellas!

Esa semana Cristina estaba pasando las vacaciones con la familia de Raquel. Una vez más, las dos amigas habían viajado mágicamente al Reino de las Hadas para comenzar una nueva aventura fantástica. Eran las invitadas especiales de un desfile de moda que lamentablemente fue interrumpido por Jack Escarcha y sus duendes, quienes se aparecieron vestidos con diseños de Circón Azul, la marca de ropa que Jack Escarcha había creado para que todos se parecieran a él. Luego, el malvado Jack había lanzado rayos de hielo para robarse los objetos mágicos de las siete hadas de la moda y llevárselos al mundo de los humanos.